花香奇

胡敏/著

九州出版社
JIUZHOUPRESS

图书在版编目（CIP）数据

花香奇 / 胡敏著 . -- 北京 ：九州出版社，2024.2
ISBN 978-7-5225-2694-2

Ⅰ．①花… Ⅱ．①胡… Ⅲ．①诗集－中国－当代
Ⅳ．① I227

中国国家版本馆 CIP 数据核字（2024）第 055834 号

花香奇

作　　者	胡　敏　著	
责任编辑	刘　嘉	
出版发行	九州出版社	
地　　址	北京市西城区阜外大街甲 35 号（100037）	
发行电话	（010）68992190/3/5/6	
网　　址	www.jiuzhoupress.com	
印　　刷	三河市华东印刷有限公司	
开　　本	880 毫米 ×1230 毫米　32 开	
印　　张	8.25	
字　　数	133 千字	
版　　次	2024 年 2 月第 1 版	
印　　次	2024 年 2 月第 1 次印刷	
书　　号	ISBN 978-7-5225-2694-2	
定　　价	69.00 元	

目 录
CONTENTS

花儿香透了自己

我曾试图
走近你的心脏地带
触摸一下
你的心跳
是否与我一致
有没有
只是
我一个人的激动
与另一个人无关

一人一世界
一花一朵开
芯蕊只一颗
颗颗为谁来
花儿香透了自己
却看不透香飘哪里的无奈
风儿啊，是你的捉摸不定
四溢的花香让我收不回来

那些自由的选择
都随风，自由地摇摆
花儿的香味呀
是我来世的唯一情怀
香儿啊，请不要忘记
离开我的时候
我已将心思塞满
由你带向远方
告诉那里的人们
我曾来过这个世界

森林啊
我曾向往
离你最近的地方栖息
让我在你的庇护下
有一个安逸的空间
不，还是走向平原
阳光充足的地方
花儿会开得更加鲜艳

我不能触及的心脉
已被心墙挡在外面
那曾熟悉的念想
却像谜一样的令人费解
请让我用幻想的手

推开那一扇扇心门
请让我走近
让我走进
满足我的好奇
让我看透一切，看透一切

我们的距离

无论你理不理我
或我理不理你
你在我心里
我在你心里

无论你离我有多远
一公里
一百公里
一万公里
一亿万公里
你在我心里
我在你心里

无论你联不联系我
或我联不联系你
你在我心里
我在你心里

无论你怎么躲我
或我怎么躲你
你在我心里
我在你心里

无论你谈不谈起我
或我谈不谈起你
我会不自觉地想你
你会不自觉地想我

无论你怎么回避
或我怎么回避
你在我眼里
我在你眼里

无论怎样
你住进我心
我住入你心

我们没有约定
只凭来世的记忆
今世的相逢
感知无界的缘深

注定来世
来世，还会相遇

即使擦肩
也能感知熟悉的彼此

这究竟是怎样的缘故
真爱无界
无法说清
也没法界定
随情疯去

希望，希望
每一次的轮回
都能有你
留下寻觅的足迹
这是多么奢侈的相遇

云奔月

吾藏不住爱情，也藏不住想君

正如吾，藏不住爱君的眼神

藏不住，离别时的情愁

藏不住，君欲留　吾欲走

此时，此地，揪心

君舍得留，君留，心走

吾舍得走，吾走，心留

车缓缓，影搜搜

君立，吾行，挥挥手

此情，此景，何时有

愿君如月，吾为云朵

云飘来，飞去，绕月走

月见歇，云暂缓

留待十五，云奔月，飞月中

人类是一本相通的书

你的每一句话
不多不少
刚好砸进
我心里
可以准确表达
我心意

不多不少
你的心情
也是我的心情
在不同的时空里
有着相同的心境

不多不少
我的意思
也是你的意思
如同
我们是同一个意思

这让我不得不去承认
人类有一本相同的书

我相信
那些
能写出极致作品的人
都是上天赐予人类的特宠
都有钻进人心的本领
写出你的心思
与我的心思
都是同一个心思里遇见

是啊
我写的与你遇的
我写的与你写的
可以在任何一个年代
任何一个时代
都有着共同的心声
不多不少刚刚好的表达
如同，一种相同的心声

那就让我们在今后的
任何一个时代相遇吧
我在时空里等你
你可以随时与我相遇
与不同时代的作者相遇

在书的世界里

是的，我们都是书里人

我们都会穿越时空

跨越时代携手同行

那是上天赐予人类的精神之路

我们人类有一本共同的书籍

我们的心灵可以相通在不同的世界

人类是一本相通的书

秋是我前世的情人

秋天又来了

从今天起

这个秋天开始了新的脚步

在这个季节

又会收获不一样的果实

不一样的感怀

不一样的诗句

从立秋开始

我愿这个秋天更加美丽

从今天起

我又能领略秋天的样子

秋天的云啊

你是我仰望天空最久的吸引

秋天的叶啊

你是我怜爱的弥漫

秋天的果啊

你总是让我欣喜不断

秋天的露珠啊
你总会带有几分清凉
秋天充满了多变的快乐
这也许
是我深爱秋天的最好理由
或许
我与秋有太深的情缘

在我的记忆里
我从没有讨厌过一天秋色
哪怕在凋零的雨夜
看着一片片纷飞的秋叶
都会令我心疼不止
秋天，应是我最原始的爱恋
秋或是我前世的情人
要不，我怎么会如此迷恋秋色

秋天来了，秋天来了
秋天的感觉也来了
秋天的空气里
会慢慢放满秋的味道
你闻
你听
你看
秋天的气息已无孔不入
令你时时感叹
秋天真的惑魅迷离

我与你的距离

我与你的距离
多像我与月亮的距离
得不到
但也未曾失去

我与你的距离
多像我与太阳的距离
感觉得到
却一直都在逝去

我与你的距离
多像我与繁星的距离
我们之间永远
总在隐约中望向彼此

我与你的距离
多像人群中的拥挤
你不举手

我会很难发现你在哪里

我与你的距离
又好像越来越远
远到我不敢
去眨一下我的眼睛

真担心
真担心
我们的人生轨迹
一直都在拉开我们的距离

放眼望去
人海茫茫
那里不会有你
旷野无际
那里不会有你

闭上眼睛
通过回忆见到你
睁开眼睛
却寻不到你的踪影

最终
我们的距离
产生了
宇宙的距离

谁都知道我爱你
——七夕夜话

谁都知道我爱你

爱到忘记岁月

神偷光阴

往事蹉跎

留青春蹒跚赋天真

得浪漫时光如初梦

谁都知道我爱你

爱到桎梏也无悔

捡妙龄芳容

丢岁月如梭

让爱逆流成春

谁都知道我爱你

爱你

已成人间话题

而你，是否

也如我一样

痴心不改

谁都知道我爱你
爱得如痴如痴
到哪都会有人说起
我与你的亲密
已不是秘密

谁都知道我爱你
我最最可爱的人啊
难道你想得我世世情意

醉了，醉了
让我想起唐朝诗圣杜甫
痴了，痴了
让我低吟李白诗歌
美了，美了
苏轼的水调歌头已让我疯

诗不醒醉醺醺
爱心痴情更浓
谁都知道我爱你
你多像一个爱的幽灵
缠绕我的灵魂
在世间传颂

我要深问自己
为什么，为什么
我非要爱你一世不够
每年的七月初七
非要拽着世人年年过七夕

最美七月是荷花

七月的荷花真美

已将七月烙上了美丽

抒发在七月的脸上

让七月成为最有品位

出淤泥而不染的纯情美少女

你看，这朵朵亭亭玉立的她们

哪一朵都清纯可爱的天真

让人留恋不舍离开

为整个夏季大发感慨

最美七月是荷花的赞叹

七月的荷叶

特别地青绿飘逸

有一种见风

便可起舞弄姿，翩跹

陪在荷花的身旁很有风范

如果

你爱荷花娇鲜美嫩的色彩

那你
也一定喜欢脱俗的青衣荷叶

要说七月的美，美在哪里
你只需来到有荷的地方
便能找到最美的答案
要寻七月的美，美在哪里
你只要站在有荷的地方
就能一眼惊醒你的审美意境
要看七月的美丽，可爱在哪里
你只需等一个有雨的日子
来到有荷的地方
静静地倾听雨与荷交响时
轻曼细语
你便知道雨中的荷有多多情

最美七月是荷花
要想欣赏七月的美丽
就找个有荷的地方倾诉美丽
最美七月是荷塘
那就找个有荷的池塘静静赏析
最美七月是湿地
那就来洪泽湖湿地
那儿的荷花能美霸天下

你下了什么毒药，让我那么喜欢你？

你下了什么毒药
让我这么喜欢你
因为喜欢
我会主动为你去做好多事情
不去计较得失
还很愿意
因为喜欢
即使傻得莫名
也会为你去做很多事情

你用了什么迷药
让我那么喜欢你
心甘情愿
为你去做很多事情
不求回报
还很愿意为你效力
因为喜欢
默默为你倾心

去做对你好的任何事宜
还不告诉你
希望通过努力引起你的注意
奢望赢得你的青睐

你用了什么魔力
让我那么喜欢你
学会更加爱自己
用高贵维持尊敬
用清新得你欢喜
还不敢告诉你
有多喜欢你
装着若无其事的样子
做什么事
都轻而易举
那是不想让你看到
辛苦时卑微模样的自己

你下了什么毒药
让我那么喜欢你
喜欢你的所有
包容你的全部
接受你的一切
因猜不出你的心思
还不敢靠近你
只能让喜欢融化在行动里

无怨无悔地为你去想很多事情

我开始选择远离
装着毫不在意的样子离去
想尽快摆脱
喜欢你时
那个迷魂陷阱
让喜欢慢慢变为曾经

多希望，多希望
你能懂我远去的由因
记得找我回去
现实总很现实
接受是我的唯一
让时间
抹去我喜欢你的印迹

心闷愁云
如阴雨天气
找个地方释放自己
大叫大吼几声
我喜欢你，我喜欢你
然后
然后，然后决定忘记
知道，没那么容易
只好自己哄自己开心

好的爱情，是来成就你的人生

谁都能
将爱情解释得
淋漓尽致
谁又都对爱情
无所适从

似乎
爱情具有两面性
翻了背面
就是暴雨泥泞
选对了正面
便是阳光明媚
风光无限旖旎

而大多数人
都将爱情的反面
攥在手心里
还没遇见爱情的真谛

就已吵得错过美丽

那些
牵着爱情的手指
共同抵抗风风雨雨
大都充满希望的信心
不是事业有成
就是岁月好静
总是在人生路上同舟共济

人的一生
应做对两件事
一是遇见相看两不厌的你
一是不断共同成长的我们
世间便没有了难事
记住
好的爱情是来成就你的人生

我的心里全是你的地盘

在那些最深刻的刹那
你傻傻地接受一个个无拒
我呆愣、惊诧，一次次地感慨
然后，你陷入困惑
陷进一个
无法控制的思念深渊
我带着你的惑思
却无法还清你的思念

从此，夜色与白天已失去界限
无时不在心海里惦念
那一次次从心跑到脑海里的
却是挥之不去的想念

从此，我的心里全是你的地盘
被诗化了的情怀
如美酒般的甘甜
在每一个想起你的瞬间
醉入诗海韵出色彩斑斓

你从我身边一闪而过

你从我身边一闪而过
留下熟悉而又熟悉的身影
短暂到来不及一声问候
你已从我眼前
又悄悄地消失了

我好想问一问
你心里有没有我
你心里还有没有这个我
谁能够感受到这样期待的温度
谁能告诉我这叫不叫缘分

你从我身边一闪而过
留下
熟悉而又熟悉的背影
转眼又寻你不到
又不知什么时候
连擦肩的缘分

也成了奢求
谁能够解释这样的相逢
是不是叫缘起缘又灭

难道爱得深沉
到了后来就只剩下沉默
谁能告诉我
这叫不叫真的爱过

你从我身边一闪而过
留下
熟悉而又熟悉的你
却在悄无声息地经过
可已吸走了我全部的眼神
瞬间又从眼睛里消失了
留下这梦一样的感觉
又从心底涌出
你一颦一笑的面容

谁能够明白
引入心谷的你啊
如神灵般
惊艳了我的平淡
谁能告诉我
这叫不叫天赐的神韵
无常的和谐调

难道爱一个人
非要在心底安一个窝
深藏心谷才算是真爱过
只让自己知晓
沁入心田
成为生命的主角
一次遇见便久居我心
成为我独自的温柔
却不让你知道
你从没有从我心里挪开过

谁能够体会这样的沉重
谁能告诉我
这是不是爱的真谛
这叫不叫爱的枷锁

留一怀想念不知所措

摇摆不定的爱啊
在制造一场殇情
正在你心里上演
这一幕一幕纠缠的困扰
迷惑了我的觉知
让你不知道爱谁更多

内心世界在波澜起伏
疑惑的眼神
透着犹豫不决
找不到坚定的爱的答复
难道你不知道于亿万人之中
我为你一刻也没有停止想念

矛盾的心啊
一会儿为想念红花苦苦追寻
一会儿又对白花恋恋不舍
恍恍之中错过了两朵花期

留一怀想念落在心窝

摇摆不定的爱恋啊
带来彷徨不定的心绪
有着淡淡的忧愁
酸甜的呢喃着
惆怅是一种煎熬
也是一种美丽
只是不要错过
爱的花期
留一怀想念不知所措

为了你，我愿死后拒喝忘情水

为了你
我愿做尘世凡夫
为了你
我曾五百年前拒喝忘情水
为了你
我曾在忘川河里受苦刑
为了你
我经受今世磨难才与你相遇

为了你
我曾在奈何桥前
拒喝孟婆娘的忘情水
跳入忘川河
在忘川河里
差点泯灭我的灵异
只想在来世与你相遇
才在磨难中拯救了我的灵命
换回今生

你的一个温暖的眼神
你的一个擦肩而过的美丽
你的一个不舍的手握

为了你
我愿死后拒喝忘情水
等你五千年
愿再受孟婆娘的酷刑
换得来世与你相遇
得你一个香吻
得你一个温柔的眼神
得你一个亲密的相拥
得你一世的相思

为了你
我愿死后拒喝忘情水
在佛前诚祈
愿等你万万年
只为在恰当的时间
遇到一个恰当的你

让我爱上我自己

为什么
非要拽我回去
回到那个狭窄的空间
窝在狭窄的空间
然后
平淡无奇地老去

为什么
那么害怕我走向远方
为什么我的命运
非要你来担心
谁给你的权力
至少我不会

为什么
你只接受平凡
而不接纳出色
为什么

你只看见飞者的瑕疵
而无视自己
连翅膀也没有长出
是的，你用嫉妒
泄露你仰视的眼睛

然而
语言的力量里
也包含市井
世俗的语言
像一股股热浪
迎面扑来
让你看不见
却能深深感知

世俗的语调
像流沙
一次次冲击你的心脏
扯着你的脚跟
牵绊着你的前进
有时，你还不敢忽视
这是人类一种难治的病根

世俗的语气
又像一道道浊浪
一团团污气迎面袭来

你顶得住
可以继续去走你的路
你顶不住
将会被淹得无影
又无踪
世俗就是大海
你勇不勇敢
它都会给你
刻骨铭心的考题

是的
为什么
非得在意他人的言论
你走你的路
去做一个自己喜欢的人
自然会治好一些人的病
那就让坏心情远走
把好心情召回
让我爱上我自己

想你就十分美好

想你
就十分美好
而你
无论去了哪里
都有我的想念

爱你
就十分美好
而你
无论去了哪里
都会留下我追寻

念你
就十分美好
无论
沉默与说出
你都是
我一生中的十分美好

春不声不响地飘进眼里

归来的春天
随着北归的燕子
落在不远处的电线杆上
另一只燕子也紧跟其后落下
还不停地摆动着轻盈的身子
让人闻出春的味道
燕子在叽叽喳喳
咯咯地说着鸟语
好像是在商量安家落户的事
我不敢打扰它们
就悄悄地走开了

归来的春天
正是植树的好时节
刚栽下去的光秃秃的树苗
简直就像枯树
还没有得到
春天的许可润成春色

刚栽下去的松树

更像是一棵塑料制品

还没有染上春天的生机

刚播下去的种子

还没有露出地面

刚栽下的竹子才泛起青来

可旁边的梅花

已将枝掩盖得只能看见拥挤的花朵

归来的春天

有着王者的风范

霸气之中露出阳刚之美

散发出迷人的魅力

并向万物发出春的邀请

春天的气息无处不在

清新的

连风都变得特别温馨甜美

春天可爱得像个清纯美少女

足迹遍布每一个角落

春在不声不响地飘进眼里

归来的春天

正在用得意春风

抚摸着我的脸蛋

让我有种不可抗拒的愿意

真想钻进风的怀抱与春亲密一会儿

可路过的春风一波又一波
肆无忌惮地向我吹拂
又无声无息地拥抱后离开
此时，我才明白
春早有预谋
此时，春已回归春天

归来的春天啊
让我享受着春风得意
我静静地待在阳光下
赏析春
我望着天空的骄阳
明显感觉
春天的阳光比秋阳嫩
我来到有水的柳树旁
柔软的枝条
已挂满了长长的嫩柳芽
翠绿翠绿的与众不同
多像大户人家的小姐
具有典雅淑女的气质风范

归来的春天呀
态度很是诚恳
已从去年的根蒂处
长出嫩嫩的叶子
将大地换成满眼春色

嫩嫩黄黄青青绿绿

红红紫紫彰显青春的魅力

春天已经归来

请让我用自己的方式欢迎春天

是三月生下了春天

是三月

生下了整个春天

我看着树木花草

在大地上生下了

嫩嫩的新芽

硬朗的花苞

在那生长与绽开

初萌的美丽

令人在起敬中惊起羡慕

是三月生下了春天

那盈盈的风儿

那柔柔的水浪

那年轻的阳光

还有那

笑嘻嘻的娃儿们的脸蛋

哪个不是在抒写春天里的青春

三月是春天里

最美好的时光

让我醒来时有你
让我睡梦里有你
让我醒来睡去都有你

三月的春意
盎然的生机
总是令我诗兴欲出
每一个可爱的萌动
你让我又一次感叹
三月，是三月生下了春天

你的爱，只有懂你的人欣赏

你的爱

有些波澜不惊

有点楚楚动人

如秋叶之美

如春风拂心

如夏的骄阳

又如雪花的浪漫

在心灵深处

你已自然绽放出绚丽的色彩

你的爱不可企及

不能触达

如飘浮的彩云

如天空的皓月

如夜空的亮星

又如最柔软的阳光

在灵魂深处

你已自然散发出豁然之光

独特的你
已可爱到极致
智慧的你
可以将黑夜融化
你亲手
制作了你的样子
展示了你一生的浪漫
我惊呼，你的爱
只有懂你的人欣赏

莲儿，你的新郎是谁

六月的莲站在水面上
朵朵都亭亭玉立
多像情窦初开的少女
招人喜欢，令人怜爱
惹人忘返，让人惊叹
哪一朵都开出了自信

六月的荷叶
在蓬勃中随风摇曳
飘飘兮像位青衣
哪一片叶子都绿得清秀
像朝天等雨的盆侠
又像专为游人准备的帽子
而水中挺直的茎秆
一半埋在水里
一半露出水面
却丝毫没有犹豫的意思

六月的荷花

从初露尖尖的苞蕾

到刚刚绽放的真容

再到盛开时的芳颜

哪一朵都曼妙得诗意蒙蒙

莲花，你能否告诉我

你怎么就美到美而不腻

当六月的花瓣

尚未脱落

当莲花还在旺盛中娇艳

早开的荷花心里

已有了圆圆嫩嫩的胎盘

莲儿果真怀孕了

要不了多久

莲花就会生出很多莲子

我想问你

莲儿，你的新郎是谁

昨天记忆里有你

别怪我
还停留在
昨天的记忆里
因昨天的记忆里有你
那种默默陪伴的感觉
也许
是我今天脚步坚定的因由
亲爱的
只要在时光流逝的瞬间里
仍有对你的回忆
那都是诠释幸福的追忆

思念是一场不停的雨

思念像一场雨
可遇不可求的你
可知
可遇不可求的我
我们的故事
早已在相遇时
就写好了结局
这是缘的一种
只有长长的思念

思念像一场雨
早已潮湿我心
在熟悉的地方
每一条小路
已沾满了我的脚印
你是否感知
我们在
同一场雨中想起彼此

噢，思念是一场不停的雨
从空中飘下来的
也变成了相思雨
落在身上
更加重了我的相思
与我的思念一起滑落成溪
噢，你可知道
你可知道
思念是一场不停的雨

你若情真即有感知

前世
我在佛前默祈
只求来世
与你相遇一次
你若心动
我便追寻
你若不惊
我便离去

佛有恩赐
给了
我们一个擦肩
你回头时
我未注意
我回眸时
你已转身

我问佛

这样的缘
迷惑了我的双眼
我说见了
你说未见
你说见了
我说不知

佛曰
世间情有多种
瞬间便是美丽
刹那已是永恒
惺惺相惜缘定三生
你若情真，即有感知
你若不离，何来舍弃

爱情是一场迷雾

爱情是一场迷雾
当我爱上你的时候
我开始喜欢
重复听一首情歌
会不由自主地跟着哼
似乎歌曲就是我的心声
我在歌词里抒发着喜悦
一首情歌
如同在诉说心中的爱意
令人沉迷又让人沉醉

爱情是一场迷雾
当我心动时
不管你爱不爱我
我都会不自觉地
唱首与心情合拍的歌
在那儿自我陶醉

爱情是一场迷雾
当我爱你的时候
每一首情诗
似乎都是为我而作
每一句话都是我的心声
我被爱情迷惑
我被情诗击中心窝
我被诗句揭穿密谋

哦，后来发现
爱情
不只是一个人的遭遇
相遇爱情
如同遭遇一样的相思
一样的思念
一样的感伤
一样的心情
只是之前
我没有遇见过爱情
爱情对我来说
是一场迷雾

我们就这样沉默着

我们就这样沉默着

你沉默

我也沉默

这样挺好

你想保持安静

我也想安静

你需要

我也需要

我觉得这样挺好

我们就这样沉默

你不想说

我也不想说

这样挺好

我们保持着不语

你不打开话题

我也不想没话找话去说

你有了空间思考

我也是
我觉得这样挺好

我们就这样沉默着
你想清静
我也想静静
这样挺好
就这样我们保持着
亲近里的清静距离
你在静静地发呆
我在闭目养神
我觉得挺好

我们就这样沉默
你在慢慢品尝生活的味道
我在淡淡地
过着自己的小日子
你在沉默中做着
你觉得有序的事
我在不语中
忙着我的事
我觉得挺好

我们就这样沉默
你安心
我也安心

你觉得舒心

我也感觉舒服

就这样

让包容理解契合

用沉默体会生活

我觉得这样挺好

喜欢和你一起想念

喜欢和你一起想念
想念的日子里
有我们更多的美好

喜欢
和一群志同道合的朋友
一起奔跑在文学的大道上
这会加速我狂奔时的奇想

喜欢和现在的自己
每天一起充满喜悦和美好
那是我兴奋时的心跳

喜欢
此时的我
正在分享我的快乐
正在享受美丽时光
正在抒写人生的美妙

喜欢

有你的日子

喜欢与你一起想念

我们的美好

这是幸福的理想国

想你就是我的幸福

你在哪里

我就在这平凡的日子

平凡的日子里有我的声音

守护平凡里有你的想念

有你想念的日子心就会安逸

我的每一次想起

都希望你能感应

你的每一次问候

我都一一收悉

在这不紧不慢的日子里

想你就是我的幸福

不求朝朝暮暮

但求一直想念

如日月星辰之美

眷顾在宇宙之旅遥相辉映

秋天最适合想念

秋天最适合想念

也适合徘徊

用美丽的眼睛饱览秋天

美丽的秋天已无处不在

在这样的季节

要么爱得死去活来

要么不爱

剩下的全都是在想念中等待

那些没有走过的路总带几分神秘色彩

那些没有爱过的人总留几分幻想怀念

秋天每一片落叶都怀抱忧伤落地缅怀

秋天最适合想念

爱与不爱

让每一片落叶里都藏满伤感

让每一朵云都触及多变的气息

让每一缕夕阳都迎来黄昏时的考验

爱在秋天里总是让人捉摸不透

被囚禁的灵魂
自甘在寂寞中等待唯一的思念

秋天最适合想念
爱与不爱
是爱对爱的长情告白
那等待已久的期待一直都在
那缓缓而来的思绪
已在落叶纷飞时失落又凋谢
爱会在想念中滋养岁月的容颜
爱在适当的温度仍会绽开

秋天最适合想念
那些明知没有结果的爱情
注定适合坚定的思念
爱情的十字路口已人满为患
彷徨的脚印已在交错中分不清来回
总有些难忘的记忆在岁月蹉跎中忘却
又有新的记忆一个个装进脑中浮现
等待下一场的忘却
那些能留下来的想念啊
早已过滤成幸运的存在
那朝思暮想的爱恋啊
已缓缓呈现为水落石出的思念

秋天最适合想念

明知生命的短暂而不勇敢地抉择
注定只剩孤独与之相伴永远
那初始的情怀算是已被永久保鲜
爱在指缝间已流泻成仿佛的从前
情在水雾里已蒸发成甘露的液
谁又知这冗长的相恋
会留在今世还是带到来世轮回
爱已在万念皆空中趋于平淡
这瑟瑟的秋风已席卷落叶
留一地的思念在风中萧瑟情怀
谁又将想念塞进落叶
阔别一场没有结果的爱用来缱绻

一场浪漫的感觉

有一种想念
是不是
想念过一万万亿次
就不再想念

有一种爱恋
是不是
爱过一万万亿次
就不再爱恋

世上
有没有一种爱恋
是永不过期的爱恋
有没有，有一种想念
是永无止境的想念

那飞奔而来的答复啊
都在告诉我所有的惑点

那常常徘徊的想念啊
曾如此踌躇满志

那些
极致的追求啊
有没有完美到无可超越

未来总是被美好
虚幻成如此简约
那些曾经的过往
为什么
也总是被美化成怀念
又如绳索般缠绕脑海

有没有一种忘记
可以让过往不再回念
有没有，有一种渴望
可以让未来一现再现

那飞奔而来的答复啊
已告诉了我所有的惑点
看，未来多像一首悠扬的乐曲
又在那儿演绎一场浪漫的感觉

挤一点浪漫

抓一把红豆
放入我的思念
种在相思地里
用心守候
静静等待
爱情的萌芽

拽一朵彩云
捎上我的情丝
带着牵挂
告诉远方的恋人
不去爱他（她）很难
不去想他（她）不行

写一首小诗
掏出所有甜言蜜语
塞入诗中
产生了魔方般的情诗

将藏在梦里的情怀
——倾诉
直到心里的情话掏空

编一曲情歌
在那哼唱
我用寂寞爱你
我用快乐爱你
我用遗忘爱你
直到情歌
变成了绝版爱情

挤一点浪漫
酝酿一些情愫
撒向大地人间
用幻想诠释美丽
让爱在泥土里生根
我发现
爱情已经不属于写诗人
而成为读诗人的爱情

旗袍女人靓瞎了谁的眼睛

你爱看女人
也许，是女人身上的旗袍
吸引了你
你爱看旗袍
也许，你更爱看裹在旗袍里
那玲珑盈动的背影

一款旗袍，代表一款女人的心声
一款旗袍，藏着一款女人的幽静
一款旗袍，释放一款女人的风韵
一款旗袍，挑艳一款女人的故事

一款旗袍，绽放一款女人的灵魂
一款旗袍，炫亮一款女人的韵律
一款旗袍，赋予一款女人的清纯
一款旗袍，秀出一款女人的灵气

一款旗袍，诠释一款女人的浪漫

一款旗袍，彰显一款女人的贵气
一款旗袍，拥有一款女人的雅致
一款旗袍，承载一款女人的心事

一款旗袍，道出一款女人的经历
一款旗袍，展现一款女人的气质
一款旗袍，透着一款女人的妩媚
一款旗袍，品得一款女人的韵味

一款旗袍
就是一支动的画笔
炫靓一座城市
一位身着旗袍的女人撑着一把伞
会把世间任何一处靓出这边风景独好
一千款旗袍，展示一千种女人的风情

谁读懂女人
谁就能读懂女人身上的旗袍
谁读懂旗袍
谁就能读懂中国女人的魅力
谁看懂旗袍
谁就能看懂东方女人之神秘
谁迷恋旗袍女人
旗袍女人便能靓瞎谁的眼睛

一直相信有美好

当你的微笑
笑成一朵花
你可知道
你是一朵永不凋谢的花

我不想从你的脸庞
挪开我的视线
当你的面容
露出满满的笑意
此刻，我多想告诉你
你的笑容多像一朵花
美得已胜过百花怒放

当你的笑脸
开成一朵美丽的花
你的美已无须多言
此时，再提起百花已是多余
你已美成一朵永不凋谢的花

甜得已胜过蜜蜡

喜欢看你的笑容
喜欢你认真的样子
那里有着太多太多的美丽
喜欢你的理由很多
而你一直努力
绽放成一朵永不言弃的花

如果你喜欢我

如果你喜欢我
请在这个季节向我走来
我在有枫叶的桥头等你
那摇曳的红枫
是我欢迎你的手

如果你喜欢我
请在有水的地方等我
当你将目光投向清澈的水面
那波光粼粼的碧水清涛
一定是我与你亲密时的互动

如果你喜欢我
请在梅花绽放的地方等我
那一阵阵的暗香
会让你闻出
我是这个季节的迷你香

如果你喜欢我
那每一朵秀美的荷花
都是我为你准备的笑容
当你向我走来
便可领略我的清韵

如果你喜欢我
请读一读
我为你准备的诗行
那里有你的心语
还有我为你准备的浪漫

有一种想念叫没有改变

有一种想念
叫没有改变
不随岁月流逝
不为时光飞遣
缘分无限存在
只因懂得惜缘

有一种想念
叫没有改变
不随季节变换
不为时过境迁
春花秋月水影
惺惺相惜无边

有一种想念
叫没有改变
不随环境徙迁
不为世转情欠

桃花满园盛开
独守梅花香来

有一种想念
叫没有改变
不随距离拉远
不为无奈生怨
梦萦常牵想念
灵魂相依心田

有一种想念
叫没有改变
不随轻风云卷
不为放而不觉
世间纷纷扰扰
凡事皆因情缘

七夕很静

七夕
快到了
诗友们都在忙于写情诗
而我却没有那份心情
说真的
在这样的日子里
七夕很静
我还真没有什么
需要抒发的情感
没有牵挂
没有思念
也创造不出什么浪漫的画面
心里，只有一份
清淡如水的宁静
还真说不清
这是一份难得的美好
还是爱情遗漏下的憾事

秋天真的来了

清凉的空气
告诉我，秋天来了

晨阳格外刺眼
照出冷光
告诉我，秋天来了

多变的云儿
告诉我，秋天来了

一片落叶从窗前飞过
告诉我，秋天来了

一声卖梨的吆喝传入耳畔
告诉我，秋天来了

在不经意间
我打了一个喷嚏
告诉自己，秋天真的来了

谁是你最后的想念

谁是你最后的思念
谁如此幸运
能成为谁的最后想念
这需要有多少次的感动
多么深的爱恋
才能成为你最后的想念

谁是你最后的想念
这需要多深的缘分
才能如此深刻久远
在时光里不舍离别
成为你最后的思念

谁是你最后的想念
这是你一生的修炼
将最美的记忆
留在光阴里思念
成为你幸福的留念

谁是你最后的思念
留下这样的爱恋
放在心间
默默承受爱的思念
让想起成为一种习惯

谁是你最后的想念
谁又是你最后的思念
你为谁锁定
这美丽的记忆不肯离别
成为你频频回首的眷恋
又美了这平凡岁月

雪　吻

这场雪
装满了我的相思
落下一地洁白的思念
为了一场雪的约会
我用完了上帝的恩赐
换得这瞬间无约而至

如果，如果
还未等到你的身影
我将融化成水
噢，那不是水
那是我的魂灵

仍期待
期待你慢步走来
你，你是否留意
那，那不是脚印
那是，那是我留给你的吻
留给你一串长长的吻别

有一双眼睛看着你笑

如果
如果不见可以忘记
我用尽千年的泪珠
化为湖泊用来阻止脚步

如果
如果不念可以忘记
我用完岁月的回轮
揉成塞子
用来堵住这相思的漩涡

如果
如果这也未能阻挡思绪
那么
那么在前世，就不该有牵挂
在今生，也不该有相遇
在来世，也不再有故事
留下这清闲的幽魂在那儿

该有多好

而你
飞来的灵异告诉我
如果没你
也就没我
如果没我
也会没你
人生的路上，在你回眸时
总得有一双眼睛看着你笑

我以为我爱你

我以为我爱你
当我决定不再爱你时
竟然如此轻松
那种感觉
犹如卸下了盔甲
换上了轻盈的丝绸衣裳
无比的轻松惬意

我以为我爱你
当我笑看你的离去
竟然
没有丝毫挽留之意
心里装满了祝愿
只想祝君好运

我以为我爱你
当我没有了爱的心悸
爱的感觉也将消逝

我才知
爱也有时过境迁的宿命
不爱了，就不爱了
就连说声再见
也懒得开口
只有无声的句号
在那封存爱的残骸

来生，我为你等

你让我今生忘记了痛
在你走进千年的码头
回眸刹那
已让我忘记本该遗忘的往事
转身瞬间
又让我记起本该记住的往事

如果
如果生命可以重来一次
我一定不会再让你流泪
一定去接上天的旨意
一定，一定不会
只留一个擦肩给你
一定，一定不会
让遗憾留待来世承兑

而今
我只能一个人单行

这是我的宿命
曾几何时
我想缩短来生的路径
不搭那万年的船舶回航
改用光速隧道返程
相约在这千年的码头
你等我，或我等你

现在
现在就让我们相约吧
来生
来生，你为我来
来生
来生只用一个凝视的眼神
确认我们的约定

愿我们永如初见

愿我们永如初见
无需刻意安排
只凭初见时的感觉
熟悉而又让人惊喜
仿佛初见
又恍如认识千年

愿我们永如初见
即使时刻想念
也如初见时的惊诧
此刻，无需语言
无需寒暄
仅仅一丝微笑
便可取代所有语言

走过十年
再走过几十年
相见时的感觉

仍如初见时的喜欢
持续到暮年后的黄昏柳岸
愿我们仍如初见时的喜悦

你仍是我诗中的主角

人生虽然很短
却也给了岁月
无数个春夏秋冬供人欣赏
却也给了
一个硕大的地球供人旅行
却也给了
人类的思想供人想象

那些
无所事事的光阴
似乎也美得出奇
让人在记忆中
回忆就醉

昨天已被真实
渲染成不同的色彩
今天正在渲染中铺展开来
你仍是我诗中的主角

在诗行中产生诗意绵绵

还有多少情愫
需要继续描写
那些记不清的当初
已被流逝的光阴
赶尽杀绝

无需等待
只因相信
世间所有的好诗
都是上天的恩典
那缓缓而行
又瞬间闪现出来的灵感
正载着跌宕起伏的诗句
向我涌来

那格桑花儿啊
已拉开怒放的序幕
载着花香引蝶而往
带来一场场精彩绝伦的表演
自然融合成恰好的画面
主角，还是我们人类自己
撒下成片的花海壮观这个季节

我想和你一起想念

你已走了好远好远
留下满满的思念
洒在人间，继续想念
随着阳光明媚
随着月光时隐时现

远去的是
看不见你的现在
却想起你的从前
在未来的路上
我们是否会突然相见
我问路过的鸟儿
鸟儿留下几声鸣叫离开

前方的路又远又近
远的是
没有尽头的等待
近的是

只将脚步迈开
远的是
没有规划的明天
近的是
随处可见的想象

我想和你一起想念
想念我们的时光
想念我们的遇见
想念那些不曾忘记的想念
如这个季节的红叶
总是带着诗意摇曳秋天
又让我想起我们的从前

让我心动的你

自从遇见你
海水开始平静
山峰逐渐变矮
大地没有了沟壑
阳光在明媚中不失风雨

自从遇见你
花儿已失去了吸引力
或花朵开始逊色无香

自从遇见你
选择的权力就停止
你成了这最后的决定

自从遇见你
缺点与优点
已没有了分界线
是你诠释了完美的原理

自从遇见你
一切都有了恰好的宿命
真担心，再也遇不到
能让我动心的你

在一首歌里想起你

在一首歌里想起你
这首歌
突然引起我共鸣
你好吗？你在哪里

你总是在不经意间
用不同的方式
在一首歌里
在一部电影里
在一首小诗里
在街边一对情侣的说笑里
都会让我想起你，想起你

这样的爱意
常常萦绕我心里
又引我想起你
来左右我的心绪
没有你的日子

同样逃不开你的感情
如同从没有离开过你

在一首歌里
不知不觉想起你
因歌词里全是我的心语
如同我们的故事还在继续
这是你给的思念
在一首歌里想起
在一首歌里回忆

不想再走的心

不想再走的心
停在你的港湾
那暖暖的温度
足够暖我今世的严寒

不想再走的心
已被幸福灌满
朦胧中，前世的你
向我走来
牵起温馨的浪漫
在今世旧梦重燃

不想再走的心
已让轻盈的灵动飘仙
花儿随着我的心思
也已一片片绽放

那所有的遇见

都已绘成彩虹丝带
不想再走的心
已让花儿忘记了凋谢
又成为风景里的景观

听说，你的情人还在前世

秋天的果

是你相思的果子

听说

你的情人还在前世

这萧瑟的秋风

纷纷扬扬的秋雨

带着孤叶飘零

又让你陷入

今世的沉思

这深深的思念啊

不为今世

只因前世的情人

这凄凄楚楚的孤影啊

留在月亮底下

好伤，好孤

又好美，好静

思念在慢慢沉入大海

我们没说再见

道别

却在一天天拉开

这看不见的裂变

这挽留不住的距离

是我不舍的离别

谁能阻止

这看不见的分裂

在慢慢撕开

这看不见的缝裂

心在忧伤

爱在枯萎

思念在慢慢沉入大海

我孤独地站在彼岸

挽不住

这沉下去的思念

一朵盛开不败的花

被阳光
一直宠爱的女人
内心也充满了光亮

被碧水
滋润过的女人
一直热爱碧波荡漾

被绿色
包围过的女人
有一个活力的青春

被花香
薰醉过的女人
花会成为她一生的浪漫

被真爱
浸透过的女人
笑容是一朵盛开不败的花

雨会加重我的想念

我与你的距离
就是相思不尽的距离
无法丈量
也无法释怀
就像离开故土的人们
会加重乡思的情绪

当我一再选择
放下
新的距离也正在产生
天下的事
都说"旧的不去，新的不来"
喜欢求新的我，不放过新的吸引
也不放过真理
还有，还有
那份距离里的相思
听说今天有雨
雨会加重我的想念
雨也会增加我的相思

一直以为你会来

一直以为你会来
我将春天布满了鲜花
等了整个春天
然而，你没来

一直以为你会来
我将夏天盛满了热情
等了整个夏天
然而，你没来

一直以为你会来
我将秋天放满了诗意
等了整个秋天
然而，你没来

一直以为你会来
我将冬天装满了希望
放在冬的泥土里等你
而你，却给了我
一抱即化的这场雪

知道爱你又怎样

知道爱你又怎样
花还不是照开
蝶还不是照来
蜂还不是照采
你还不是没来

知道爱你又怎样
风还不是照吹
云还不是照散
雨还不是照下
我还不是走开

知道爱你又怎样
天还不是照黑
星还不是照闪
月还不是照缺
你还不是忘却

知道爱你又怎样

日子还不是一日三餐

工作还不是有紧有慢

朋友还不是有聚有散

记忆还不是成了云烟

知道爱你又怎样

心还不是在觅

爱还不是要还

你还不是会变

活成最好的样子

还不是为了

遇见一个我的喜欢

等你来

如果我是花
我就做那朵圣洁的花
开在最圣洁的地方
绽放出最圣洁的芳香
等你来

如果我是月
我就是那一轮最明亮的皓月
挂在最浩瀚的天空
展示出最美丽的光环
等你来

如果我是海
就做最湛蓝的大海
澎湃在大地的胸怀
释放出海底最深的情怀
等你来

可无论我怎样努力
都未能引起你的注意
你用视而不见
拉开了你与我的距离
而你
似乎也忘记了我的存在

后来，后来
我决定
不在你的世界里出现
让遗憾从此落在人间
而你终于记得有个我
曾经一直等你来

花香满天

我在等待

等待一场漫山遍野的花开

我在等待

等待，你从花丛中走来

我在等待

等待，你如花的笑靥

你为我翩翩起舞

我要为你欢呼

你的笑容

是我抹不去的春暖花开

你的笑脸

是我难忘的情怀

你看，我的世界

能装下你的一切

那是我难忘

那是我的感慨

花香满天

还有谁能取代

那留在我心里的美丽

我问星星

我问月亮

我问蓝天

我问香飘满天的阳光

你看，每一片花瓣上

都留下我长长的思念

往事不能如烟

当你浮现在眼前
至少我还有想念
昨天的你
又在脑海中静静呈现
你可知
我又想起仿佛的从前
你的漠然
让我停止更多思念
你的面容
在朦胧中接近毁灭

当你又浮现在眼前
至少我还有想念
多少繁华落尽
只剩下从前
为什么情到深处
总是伴着离别
走不进的世界

带着遗憾
又回到平淡的起点
爱情里注定要有万般无奈
挡不住的
乃是我对你的思念

当你浮现在眼前
至少我还有想念
多少繁华落尽
只剩下久违的从前
往事不能如烟
不能让爱
只剩下喜欢的想念

花香奇，奇香花

花香奇，奇香花
梦里奇花硕硕大
高高大大绽奇香
开在门前我赏它
仰头看花花满树
两束大花落手心
人间不见此花树
天上未见此树花
仅在梦里开奇花
花香漫梦一树花

风花雪月

风，来去由你
留下感觉后失踪
已寻你不见

花，蕾蕊锁定
成茶后不开不谢
为与水融留香

雪，漫飘冬季
纷纷扬扬银白满地
压松又露梅香红

月，放慢脚步
为守那难得一见
留首小诗离开

在幻想中醉了自己

我幻想着

幻想着，某一天

我和你在空旷的原野

在偌大的湖边

在一个风景如画

带有霞光的傍晚

有那么一条

走也走不到尽头的小径

霞光高挂于天际

我们自由欢畅地行走在

这无尽的路上

邀鸟儿为我们歌唱

请虫儿为我们伴奏

让周围的花草树木都来见证

我们手牵时的刹那

那一刻，那一刻

让所有的空气都凝固

让所有的爱情都聚集围观
来见证我们牵手时
那妙不可言的温暖

那一刻，那一刻
让宇宙也停止运转
让大地瞬间开成花海
来见证你我相对而笑时
凝视我们的幸福

那一刻，那一刻
请风作幔
邀彩虹满天
来见证我们
许下相伴一生的默愿
用感知
澎湃血液涌动的脉搏
来聆听我们心如欢雀

就这样，就这样
我是你最暖最暖的爱恋
你成为我最真最真的依恋
让我们牵手到黄昏
牵手至暮年
牵手到轮回时的遇见

花香奇

我幻想着
幻想出所有美丽的画面
呈现出所有所有美妙的场面
让我在幻想中醉了自己

如果你愿意

如果，如果你愿意
我把温柔给你
用来美丽这个冬季
也美丽你的心情

如果
如果你愿意
我愿将每一片落叶
都收集分类
还给每一棵树的根基

如果
如果你愿意
我会从清晨等到黄昏
从黄昏
等来下一个黎明
如果你愿意

读到就是一种福气

他说
我写的文字
他都认识
就是
看不懂我写的意思

他说
我写的文字
他都认识
就是感觉很有哲理

他说
我写的文字很美
就是能感觉到的那种美

他还说
我写得很深奥
很多意思

都串联在文字里
只知道那是好东西
他还说
能读到就是一种福气

如果没有遇见你

如果没有遇见你
我不懂人生该去珍惜什么
我不知活着的人
会有无数条路可以自由选择

如果没有遇见你
我不懂秘密就在你那里
秘密就在我这里
我不知眼睛里的风景
与眼睛外的风景
是两个不同世界里的风景

如果没有遇见你
我不懂神奇与好奇
会改变一切
我不知好心情可以免费领取
坏脾气可以随时丢弃

如果没有遇见你
我不懂人生的意义
是由无数个经典故事组成
我不知有的事
可以忘得一干二净
有的事可以记得风生水起

如果没有遇见你
我不懂寂寞是一件美事
心净是自己爱自己
我不知人生有多少扇门
可以随意打开任你飞驰
信不信由你

你来我来

你来
是因为你准备迎我
在那个恰当的时间
与我相遇
一起来
完成这邂逅的诗意

我来
是因为你在等我
我风雨兼程
与你相见
一起来
编辑这美丽的故事

你走
是因为你要我送你
我看着你安然地离去
我在目送

请你好走
我在看着你的背影

我走
是因为我去找你
我知道
你在那个地方等我
你迎我，我送你
一生一世
一世一生

你眼睛里的温柔

你眼睛里的温柔
暖和了谁
那颗已冻死了的心
你眼睛里的温柔
开悟了谁
怎样去爱自己

你眼睛里的温柔
让谁如痴如醉又如梦
不忍去惊醒
你眼睛里的温柔
给了谁勇气
让谁学会穿越狂风和暴雨

你眼睛里的温柔
让谁明白了
什么是知音和知己
你眼睛里的温柔

由谁感知了
什么是真正的懂得

你眼睛里的温柔
留给了谁
抹不去的忧愁
你眼睛里的温柔
足够暖了谁
一生一世的甜美

请岁月温柔待我

在岁月里沉思
岁月似刀
时刻会雕出
一条条带血的伤痕
在岁月里留下
抹不去的印记
岁月，是个不讲理的岁月
是谁，把岁月揉捏成刀刃
请岁月温柔待我

在岁月里沉思
岁月似水
总是在不经意间
一点点流淌成川河
在岁月里不停地悸动
岁月，是个不犯困的岁月
是谁，把岁月揉搓成瀑泄
请岁月温柔待我

在岁月里沉思
岁月似火
像燃烧的火焰
一串串跳跃的火苗
传递着火爆的生命
在热烈灼心中燃烧
岁月，是个老不死的岁月
是谁，把岁月揉塑成火浪
请岁月温柔待我

在岁月里沉思
岁月似箭
刹那弓弩
一梭梭穿越时空
穿过靶心，引来始末
岁月，是个无孔不入的岁月
是谁，将岁月揉捏成锐器
请岁月温柔待我

在岁月里沉思
岁月似海
容纳到没有拒绝
一次次海啸
在发泄着不满
浪潮是海的脾气

岁月，是个不守规矩的岁月
是谁，把岁月揉碎成海浪
请岁月温柔待我

远去的思念

我知道有一个
我回不去的地方
那个地方叫已过去
从经历到回忆
只留下远去的记忆
在脑海里荡漾

我知道有一个
我回不去的地方
那个地方叫已成长
从孩提到芬芳
只留下远去的背影
在心门里飘香

我知道有一个
我回不去的地方
那个地方叫已变迁
从相识到曾经
只留下远去的思念
在空气里回想

一个爱书的女人

一个爱书的女人
在那儿没完没了地用文字取代寂寞
书遇女人也会大献殷勤
天使也趁机而入
降临在文字心里调侃着读书人
一会儿在字里哭
一会儿在字里笑
一会儿在文字里愤懑
一会儿在文字里觉醒
诗像个清洁工
在那儿一点一点扫除尘埃

这似水的年华啊
是不是一转身再转身
就有了一场空眩反应
空与空也有激烈碰撞
如这今夜的电闪雷鸣
是云是风是气
在那儿一起完成一场雨的诞生

一直离你不远不近

诗有没有力量
那些无处不在的诗句
已给出一个圆满的答案
那些美丽的展现
在一觉醒来时
已绽开在大千世界
讨好我的心情愉悦

喜欢这种状态
突然给你一个惊诧
有着莫名的感慨
美得让你说不出来
只知喜悦又让眉开

诗有灵动
就能在灵魂的世界
如锋似剑句句戳心
如歌如泣泪咽喉塞

诗的功效可入境疗愈
又懂你的欲言又止

诗意
是一点就破的心语
有种撬开灵魂的感觉
让你不知所措
这种没有距离的穿越
时空的懂得
如同一把钥匙
打开了心门
让你靠近诗歌取暖

诗会教你从容
回归自然
与你的灵魂相遇
诗和远方
一直离你不远不近

你只管沉静
喧嚣即逝
没有害怕与恐惧
不用担心世俗的偏见
刀光剑影的诗眼
正是化开世间的屏障
直叫你好不欢喜

诗的魅力脱俗诱人

每一首诗
都是一次很好的对话
问天问地问自己
掏心掏肺掏真情
诗的凝聚力惊世骇俗
那是一场强大的能量释放
给你一个飓风般的震惊

诗又温润如女
优雅高贵，冷艳迷人
此时，诗在花蕊里睡意正浓
不想被尘世的喧嚣惊醒扰梦
喜从天降，诗从睡梦中诞生
传出悠扬歌魂，惊扰寰宇
诗，是诗人留在人间
最后一滴鲜血
为了复活生命的永存

慈悲的从容

自从有了你
就再也没有迷失过自己
之前的种种隐痛
也早已消失殆尽
那久久地寻觅
也早已安下了心
还有那些无奈的思绪
也早已跑得无影无踪
这究竟有怎样的神力
让一切都顺利到简单完美

那些先前的跋涉
一定有它无比正确的指引
为了寻得一颗沉静的心
如今
落日便是落日
余晖便是余晖
光明便是光明

传说中的那种奇遇
只为证明该来的
与该去的
都顺应了宇宙的规律

当我走近自然
动物们
已将自己打扮得很是美丽
植物们也在那儿朝气勃勃着生机
就连我身边的这些物品
也都乖巧得很是懂事
我在享受这份美丽
已切入我生命的主题
我的变化更是吃惊了自己

没有烦恼
没有犹豫
没有困顿
一切都可以逾越
此时
只有一个喜悦如光的自己
一切的一切
都已淡定到慈悲的从容

给善良空间留言

有些人，处着处着
就淡出了视线
因为，能交流的因素太少
再往下处，也就剩下无趣

有些人，处着处着
就拉近了距离
因为，引起共鸣的心声太多
想拒绝，很难
反而是，有你真好

有些人，处着处着
就戛然而止
因为，虚伪与阴谋
再渗透点无知
便失去了相处的由因
然后，就剩下非诚勿扰

有些人，处着处着
就相见恨晚
因为，满世界的人
真正有缘的，还是极少
遇见知音，更如稀世瑰宝

有些人，处着处着
就可有可无了
因为，世故老套又狡诈如妖
不处也罢，免去烦恼

有些人，处着处着
就处到难舍难分
因为，懂得尊重
更会相互补拙
有种越处越妙的好处

世上
人有千千相
挑剔一点很必要
给自己一份清高
留下几分真诚
给善良空间留言
你我同行一路
用欢歌笑语美妙人生

我问佛

我问佛
这个冬季
已怀揣一颗秋的种子
是不是到了春天
就会自然发芽

佛用沉默回答
这是大地的事
大地
却用行动
告诉了我答案

你说，你会在冬天里来

冬天的脚步
已越来越快
我还在秋天的尾巴上
享受秋的凉快

雪花啊
你说，你会在冬天里来
可我还没有准备好去爱
一场冬雪的到来

匆忙的脚步
让我忘记
还有哪些
需要在脑海里深印

时间啊
你不仅负责春暖花开
还记得在冬天

将雪花盛开

我的心
还在秋天里眷恋
冬用期待的眼神
要我给出同样的热爱

昨天的雨还在天空中下着

你是一个怎样的人
为什么
所有的情调
都由你来尽情舒展
昨天的雪还在天空中飘飞
你却用一个笑容
解开了冰的严寒

你是一个怎样的人
为什么
所有的浪漫
都由你来导演
昨天的雨还在天空中下着
你却用一个眼神
停止了所有的伤感

你是一个怎样的人
为什么

所有的情怀

都由你来主导

昨天的风还在天空中飞旋

你却用一个沉默

停止了所有的声响

花香奇

让我忘记还有想念

繁忙的我
让我忘记还有想念
而你
总是不紧不慢地塞进
我整个有空闲的时光
进行思念
像风，像空气
又像
最适中的暖阳令我流连

深秋的风
带着送走落叶的使命
在那儿无情地吹拂
直到季节的树上
没有了几片叶子才肯交给冬天

深秋的雨
算是最动情的送行

每一场雨都带来冷感
告别每一片离别的树叶

难道
我又要麻木地走过这个时节
然后在不知不觉中走向冬天
不！我开始流连
每一片与我告别的落叶
因为那里有我丰富的想念

不在你那里开花

有些誓言
我无法兑现
不是我不够真诚
而是，而是这岁月
在我尚未明白时
就已变得沧桑

我不请求你的原谅
因我还在心中疑惑
怎么可以
让悠悠岁月在不知不觉中
就给了我
这么多的遗憾

让我在不觉中
已失了爱的理由
爱的期盼
爱的诺言

还有那
仅仅一次期待的遇见

岁月夺走的
不仅仅是我的童年
还有我的青年
还有我曾经
许下爱你一生的誓言

如今
我对月长叹
都还给你吧，岁月
就当我没有来过你的世界
你还是杂草丛生的模样
我不在你那里花开

我只做
离你最远的星星
你可以视我而不见
我只在你的黑夜里
偶尔闪现我的光辉

灵感就像流星雨

灵感

就像流星雨

刹那间出现

转眼间即逝

如不及时捕捉到它

再想找回

已是不可能

就如刚刚闪过的灵动

瞬间如此清晰可见

一转眼

如同刹那间的流星雨

寻不见

也不再回

只留下长长的遗憾

和那久久的想念

雪最怕温柔

雪又落入江南

温暖的南岸

用温柔的姿势

迎接北方的雪

雪禁不起温暖的考验

被瞬间融化为

没有棱角的雪水

雪最怕温柔

特禁不起

这柔情似水的南方

雪在空中已嗅出了

柔软的南国风情

雪大概听说了南方很美

好奇地跨过长江

一直向往南方的美丽

雪像迷醉的壮士

在空中就有了
融化在南方的打算
雪用摇摆的姿势
歪歪扭扭的舞姿
瞬间卧地为水
直抒雪的情意
我爱你，江南
为你，我死而无憾

我们就是两颗星星

那年那月
都成了过去
为什么
你还一如既往

我怕走进
一个人的森林
将那里的秋天
提前碰落掉地

也许
任何一个地方
只要不被人类打扰
都将成为
最原生的美丽

如果
人类不被人类打扰

这个世界
便是天方夜谭

如果
我们就是两颗星星
只有遥远相望的际遇
那我们
将具有怎样的原始成分

真想遇见你

真想遇见你

在那有山坡的黄昏

我们相遇

你平静地望着我

我望着夕阳

红透了彩云

真想遇见你

在那灯火阑珊的午夜

我们相遇

你惊喜的眼神

拽住我的脚步

我借着微光

接受你的凝视

真想遇见你

在那阳光明媚的清晨

我们相遇

你用温柔的眼睛
看我匆忙的样子
我却没有发现你在看我

真想遇见你
在那午后的阳光下
我们相遇
你知道我是鱼
水是我的乐园
我知道你是鸟
天空是你的快乐

我爱秋天里的成熟

秋天，注定是个
果实累累的季节
我与秋天
如同结下不了缘

秋凉的爽风
轻轻拂过我的脸颊
总是给人
一种爽到心的感觉
我爱秋天
也不是一天两天的事
而是有着入骨的热爱

我爱看
秋天里那亮黄的叶子
也爱听
秋水咚咚脆响拍岸

我爱秋天里的成熟
哪怕是
一片熟透了的叶子飘飞
也能引起我不小的关注

秋天的云儿
不得不说
它总能让你抬起头来
去观赏它的多变

秋天
进入秋天
我就有种收获的感觉
包括我自己的成长期
在这个季节
会获得丰收的喜悦

不想忘记有你的记忆

我不想走过的
是那段有你的时光
我不想错过的是有你的故事
我不想忘记有你的记忆
而时间总是在不停地奔跑
将你我在时光的隧道上
拉开遥远而又遥远的距离

无论你挥不挥手
都会离开我的视线
任我如何挽留
也禁不起岁月的涂鸦

此时，只想祝君好运
待上天眷顾的某一刻
恩赐我们相见如初

一个眼神，一缕飘逸的气息

一丝执着的笑意
只为告知彼此
我们都别来无恙

拽着熟透的名字入眠

今夜
在那遥远的心际
谁把泪水滴在你的心上
让你感觉心疼
你又为谁留下满腹的思念
留在心底成溪

今夜
在那遥远的心际
谁在你梦里迂回百转
唤起碧波荡漾的美丽涟漪
你又为谁遥望在温馨的港湾
让心一悸再悸

今夜
在那遥远的心际
谁是你入睡时的沉香
拽着熟透的名字入眠

你又为谁思念成茶的芳沁
连同花香一起饮尽腹内回甘香

今夜
在那遥远的心际
谁是你今生的无悔
守着往事独欢
你又为谁默祈心愿
虔诚的
让佛祖为你一路开光

只想在你的拥抱中转身离去

如果
如果你能坚定地否定
那种神奇的电波
没有在你我之间引发过震动
那么
我将视
今生的爱情与我无缘

如果
如果我能够做到
不去想你
也不纠缠于心
我愿去尝试
任何一种与爱情有关的刑罚
去斩断我对爱的痴心妄想
让我在玉碎珠沉中死去
永不回轮
然而

这些刑具在爱的面前又算得了什么
它仍没有将你从我心中挪开

如果
如果一切从未开始
也无结束
你的来或去又将与我何干
而如今的我呀
怎么就不同于以往的心念
当爱情降临时
爱就是一种魔力方块

为了与你
有那么一次小小的相逢
你可知
我已酝酿了半个世纪之久
在你曾经过的地方
翘首企盼你的出现
期待与你
有那么一个狭路相逢的巧遇
或者哪怕有个擦肩而过也行

你可知
我常常想你
想得发呆
幻想着

你能突然降临在我身旁
让我为你倾尽心语
那该是一种怎样的福缘
而如今
你像大山一样地沉默着
沉默得如同
隐藏在夜幕中的孤寂

滚滚红尘
你可知
我们是天定的缘分
你是我今生最难修行的伤痛
我确信
你曾在梦里
也无数次地寻觅过我
再回首
我就是你今生要找的人
你可知
你是我今世等候的那个人
一旦中了你的魔法就不再苏醒
而你的每一句话语
都将被我视为经纶诵颂

我只知
自从心中有了你
我的心会笑

而且笑得很灿烂
我不再期盼什么地老天荒的爱情
也不再向往距离产生美丽的传奇
我只知
你是我今生要遇的那个人

因为你
我找到了另一个我
因为你
我的心像灌输了冰糖水
因为你
我将今生的爱情停留在此
如今
你成为我心中放不下的你
在我的记忆里永存
我还能奢求什么
只想在你拥抱中转身离去
让岁月自然抹去爱的印记

如果，你会来

如果，你会来
我会在
我们的地方
等一场
属于我们的邂逅
朦胧的月亮
会时隐时现地告诉你
我在等你

如果，你会来
我会在
我们相见时
主动牵起你的手
然后
请时间凝固在那一刻
让我忘却
还有过去和未来
此时，就属于我们的美好

如果，你会来
我相信
这个冬天
一定会有
一场雪花的浪漫
在我们相遇时飘落
让我在温柔中触及你的温暖
来融化这片片雪花的妩媚

如果，你会来
我相信
春天的花朵
也已急不可耐
在等待一场盛大的怒放
荒唐的承诺
也能在花蕾里绽开

如果，你会来
我将周围都挂满了希望
用来美丽一场美丽
似梦非梦
也是一种醉意
你的深情
让我享受
一场安静中的幸福
美了我的微笑的心愿

灵魂在岁月里飘香
——灵香

是谁
给了你力量
让你如此张扬

是谁
给你了幻想
让你横扫诗场

是谁
给你了卓越
让你生命怒放

是谁
给你了芬芳
让你散发灵香

你有烙印
无名小花在角落里逞强

给你一个笑颜
你就绽放成花的模样

牡丹不屑你的幽香
大雁藐视你的志向
你怀揣梦想
在期待中踮着脚
血液在倔犟里激昂
灵魂在岁月里飘香

我用微笑回馈过去

从那天起
我就该放弃
松手是我的唯一
这不仅是上天的美意
也是我在世俗面前
将头颅低下
然后，再高高地昂起

从那天起
一场游戏
在开始的地方
就画好了结局
挥挥手
我不留恋过去
过去只适合回忆
迎接我的
将是前途似锦

感谢过去
让我看清了现实
在过去的岁月里
我收获了
人生该有的滋味
这让我在寂寞的时候
偶尔会想起
某人某事某天某时
让我用微笑回馈过去

如今
我终于要有自己的天空
任我规划我的蓝图
为此
我想为自己庆祝胜利

人的生命只有一次
千万别等到后悔莫及时
再去改变自己
我希望我的生命
不仅是永远怒放的花蕾
更有长久的馨香

现在
我可以
将之前的种种幻想都拿出来实现

将所有的美梦都兑现为真实
不再左右不了自己的人生
不再随意消耗自己的生命

从自由回来那天起
我真正的人生才刚刚开始
是啊，感谢过去
感谢那些曾经伴我成长的人们
如果没有你们的存在
我不会有今天这样的勇气和自信

让我知道
我的生命是用来怒放的
怀着一颗感恩的心
面对未来我更坚定

你走了，我送你一程

你走了
我送你一程
尽管
撒了一地的眷恋
尽管
留下一筐憾事
可岁月
终会润出年轮的底色

你走了
我送你一程
尽管
情深意浓满舟载
尽管
热血挥泪洒满壑
可时光
总在流逝着光阴

你走了

我送你一程

让记忆为我们作证

一场相逢

一场努力

一场点点滴滴后的回忆

记忆里的沉香

你给的思念

在寂寞里生长成温暖

让孤寂有了停泊的港湾

在冷清里升起温馨的太阳

让孤独找对了伴儿

年轮在岁月里

被一天天斩断成牵挂

那能留住的记忆

仍是对你丝丝的念想

你给的温暖

在寒冬里抵抗严寒

冷冷的心被爱塞满

无论怎样的冰雪积淀

都会在你火热的胸膛瞬间融化

是你的柔情打翻了冷淡

落下一世的美丽

在瑶池里轮回成仙

你给的花香

散发出迷人的纷芳

醉了河里的鱼儿游转

醉了岸上的蝴蝶飞落花间

叠嶂的峰峦

飘逸着你的壮观

谁解你瀑布般的情怀

如诗的你呀

在梦里频频闪现

这还不起的爱恋

是否会期待来世再恋

你给的甜蜜

在心中

已制作成甜点

水中的倒影

已让我分不清梦里梦外

你的样子

总是一年比一年在记忆里沉香

这一世的长情告白

你是否听见

爱的呼唤在山峦中盘旋

那蜿蜒的曲径是你羞涩的表白

多希望

每一个路口都有你眺望的等待

春天，你让我怎样谢你为好

春天
你让我怎样谢你为好
当我去闻一朵小花的芬芳
你却送给我整个花海的春季
还有你那娇香的美艳

春天
你让我怎样谢你为好
当我去触摸一棵小草的纤娆
你却把大地铺成绿色
还有你那青翠清脆的树林

春天
你让我怎样谢你为好
当我心情糟到谷底
你却用舒畅的轻风
抚慰我的心跳
还不停地轻抚我的发梢

春天
你让我怎样谢你为好
有了你的精心呵护
我又一次感受到春的美好
让我再一次来到你的身旁
聆听你与鸟儿的和谐曲调

记忆里有你

冷漠里

藏着一颗火热的心

希望你懂

也只为你懂

我相信

因过去的记忆里有你

过去才值得回忆

我相信

未来还会与你相遇

未来才值得期许

我相信

因现在有你的相思

现在才显得可贵

总觉得

我与你的距离

多像天与地的距离

看上去很远

却总能看见彼此

大概雨天

就是你的相思泪吧

大概晴天

就是你的笑容

看，那满天的星斗

多像你的眼睛

可哪样的你

我都喜欢

包括你满脸的彩云

来世清闲于月下

如果遇见
是一场久别重逢
那么
今世，这一场场的遇见
将藏着怎样的前世盛况
让今生的我在那毫无准备的
应接不暇

可冥冥之中
我只知为你而来
寻你在茫茫人海
只为还清上辈子
对你的亏欠后
离开
为了来世清闲于月下
感怀这恰如其分的自在

不要错过她的美丽

在春的气息里
被枝的花蕾吸引
那些在春天里开花的树
此时，多像含羞的萌妹
个个都在含苞待放着
这羞涩的花骨朵儿啊
一排排
一枝枝
一簇簇
错落有致的
从大到小凸显在枝头上
彰显了妙龄少女的美

我在春的园林散步
不时会有香气袭来
一会儿闻出花香
一会儿嗅到水香
一会儿又飘来泥土的香味

一会儿又有青青的绿香扑鼻
此时的大地
真是有着十足青春范

在春天里漫步
你随时会被春的朝气
所感染
那蓬蓬勃勃的样子
多像青春少年的光阴
有一缕少壮的心思
萌动在大地上
处处彰显春的妩媚
那羞答答的样子
让你为她着迷
让你为她动心
让你走近她时
心就会跟着她的心脉一起跳跃

我爱春天里的每一处风景
连角落里那一根不起眼的草叶
都嫩得让你沉醉不已
你只要多看几眼
她都将最美的气息传递给你
当然
如果你不懂得欣赏她的美
她仍会认真记录春的日记
朋友，在春天行走
请一定不要错过她的美丽

幸福需要自己发现

越来越喜欢
将自己藏起来
给灵魂一个安逸的空间
让灵魂自由游弋
越来越觉得
灵魂需要这样的环境
越来越感觉
思考与选择是灵魂的事

如果
一个人能将自己藏好
藏得严实
便有了自在的开始
让灵魂去做有趣的事
那是多么难得的境遇
原来
幸福需要自己发现

世间
只有独特才有价值
掬一份宁静
藏一份静谧
让灵魂有独欢的一隅
是创造奇迹的开始

藏需静
在喧嚣的环境里
藏是一种渴望
是一个奢侈
藏好自己
也是一种幸福

显一下自己的纯粹
品一回自己的无忌
去支配一次自己的时间
又何尝不是一种自得其乐

当悟到了藏的奥秘
也是与灵魂和谐相处的美丽
此时
去展示一下没有奖杯的创意
去释放一回没有掌声的努力
去深挖一次自己的巨大潜能
又何尝不是一种人生突破

让思想独行于浩瀚的天际
让灵魂瞬间找到自己的静谧
有时，幸福真的需要自己发现

这握不住的美，多像天边的彩虹

有时候

多希望有个人能代替你

让我不再有怨

不再追逐若即若离的你

不再守候这份孤寂

然后，再呆呆地度日如昔

再呆呆地让幻想继续

有时候

多希望有个人能取代你

让我不再独自流泪

不再期待你的温馨

不再用泪水泡红眼睛

然后，再睁大眼睛

惊喜你给的惊喜

有时候

多希望有个人来填满之前的想念

让我的心里不再有长长的遗憾

不再有疲惫的心情

不再为你生气皱眉

不再依恋你的冷

然后，让思念飞向西边的彩云

让思绪再飞向有朝霞的黎明

有时候

多希望有个人来做我最真实的爱人

时刻陪在我的身旁

陪我一起笑看风花雪月

和我一起共度良辰美景

让我们一起，去听听大海的声音

然后，再陪我静静地不语

慢慢守候岁月的枯萎

有时候

多希望伸出去的手

瞬间牵到的

便是你那颗火热的心

转身刹那

看见的是你微笑的眼睛

可惜

这握不住的美，多像天边的彩虹

只有欣赏的距离

有时候
多希望等到一位
来了就不走的人
到了后来
才发现
那个人就是你

有一种遇见很美

有一种声音很美
只为倾诉内心的心语
那是自己
一听就懂的语言

有一种眼神很美
用来感悟风景里的美丽
那是自己
一眼便知的魅力花园

有一种遇见很美
刹那便成永恒的记忆
那是自己
为自己准备的不老秘籍

有一种梦想很美
那是一份顽强的美丽
一旦植入泥土
便会生根发芽结出硕果累累

我会给你永远的想念

从你的世界里走开
只为寻求一份清静
或为自己选择下一个开始
希望你能给我衷心的祝福
我会给你永远的想念

从你的世界里
慢慢挪开我的视线
只是不想有太多的无奈
也许你的世界太小
已容纳不了我的自然生长
或许我真的长大了
想去看看外面的世界

从你的世界里消失
也许你会有短暂的遗憾
其实我也会有那样的感觉
我知道

你会不时地想起
我也会不时地记起

在没离你而去之时
我就有了无数个设想
权衡无数次的利弊
有矛盾
也有争斗
最终觉得自己还有勇气
让跳跃的心
行走在青春的路上
也许
那些说走就走的旅行人
只为证明不老的心里有梦
或梦是一场随心而行的自我安然

蓝珀里的爱情故事

我盯着蓝珀里
一对飞虫发呆
那手牵手的瞬间
蕴藏了多少至死不渝

这是一块美丽的蓝珀
蓝珀是天赐的宝物
有着蓝天的娇颜
似海的妖姬
这里包裹着
一个美丽的爱情故事
我在追溯
那惊魂动魄的一幕

这是
一对飞虫的爱情
在蓝珀里完成了
一场离奇的珀葬

在火山爆发刹那
保存一个永恒的牵手姿势
包裹在蓝珀里
诠释了至死不弃
在亿年之后的今天
让我见证了
这亿年里的爱情故事

这样的爱情太久远
以至于
我对它们产生了敬意
蓝珀里的爱情啊
你们的情谊有多浓烈

蓝珀
已成为你们天然的灵柩
那不舍的手牵
向我展示了
一个惊心动魄的画面
这是一场悲壮的殉恋
远超梁山伯与祝英台的爱情故事

是啊
在火山爆发刹那
小小的你们
是怎样完成

这壮丽的一牵永恒
又是怎样在变珀的过程中
仍保持着这手牵的姿势

我真的
被你们的爱情故事所打动
我看着这晶莹剔透
蓝珀里的你们
安然而又温馨
我决定
向人们讲述你们的爱情故事
因世间不被发现的美丽太多
而你们用这样一种方式
诠释了你们的爱情
是一个永久的美丽

来自诗歌家族的温暖

这是一扇巨大的门
可以容纳几个世界
人间天堂
在不停地向我打开门窗
那一双双热情的手
送来了鲜花和掌声
连同一颗颗挚诚友爱的心
欢迎远道而来的我

这是诗歌家族
在诗的大家庭里
每一位诗者都很友善
让我没有陌生感
也没有了惊恐
我被感染，放下行囊
开始体会
来自诗歌家族的温暖

你的善良会让人想念

从认识你的那一刻开始
你就那么特别
一脸的淡定与从容
还透出一份真诚
与周围的人群
形成了鲜明的对比
好在我没有在意更多
我只动用了
我第一印象里的你

从交往开始
你满脸的喜怒无常
又特别的普普通通
都没有引起我太多的注意
因你是你，与我无关
也就无须太费心思

从那一刻起

对！从那一刻起
我真切地感知有一颗真诚的心
在悄无声息地去帮助人
这样的场面好让人感动
我开始回过头来去看你
原来，善良的你很可爱
已让我从心底发出最真的好感

从此
你是衡量一切善的标准
善会给人安全感
善会让人感激
善会让人想念
是善拉近了你我的距离
此时，善像一盏发亮的灯
深深地吸引了我的眼睛
是啊，善会让人从心底发出感恩
无论后来的你又去了哪里
我相信，你的善良会让人想念
善良的人
无论到哪儿都会有人想起你

因你的一个小小善举
让我认识了你的不平凡
这让我愿意为你回忆
第一印象里的你，仍清晰可见

这是善的魅力
是啊
谁都愿意在善的天空
享受那份美妙的安逸
好久不见，也会想念
请让岁月好好善待你
因善的祝福也会回旋

遇见一个人　想念一辈子

如果
下一刻无论遇到谁
都没有先前对你的想念
那也回不到从前
只留下恰当的距离
好让我为你继续想念
因思念会在距离里更加浓烈
可将相思蓄满心窝慢慢萦绕脑海
也许，思念是一种幸福的语言
有了想念，到哪儿都有陪伴

在下一刻里
会遇到更多的未知
可下一刻
那些不确定的因素
会让我在偌大的世界里
仍能找回
曾经的点点滴滴与现实对比

也许，人活着
就是为了相逢最喜欢的人
然后
遇见一个人想念一辈子
再然后
走向哪里都怀揣想念
让爱更浓更暖

我不太相信那些
说相忘于江湖
就相忘于江湖的人
如真能忘却
那都不是挚真挚爱
怀揣想念
岂不暖透了蹉跎岁月

我希望
我们距离里的故事
只有一个你和一个我
也许，人的一生中
只有那么一次的相逢
便可满足想念
也许，人的一生中
也就仅此一次的相遇

除非你无情

既然

人生难得一知己

遇见了

又为何选择相忘于江湖

我是个爱讲故事的人

故事讲多了

才发现好多故事的结局

都可以改写

剪一段光阴

剪一段光阴
用来幻想
去编织梦想中的爱情
幻想着
有那么一个人
有那么个不大的空间
只有两个人
点上一支蜡烛
放在你我对坐的桌子中间
然后，静静地
你望着我，我望着你
不说话，也不去眨眼睛
就这样呆呆地看着对方
用心去读，用心去懂
直到天神收起了星星

剪一段光阴
去编织梦想中的爱人

幻想着

在有月亮的晚上

我站在有湖水的栏杆旁赏月

你从我身后悄悄地走来

紧紧地将我揽入怀中

然后，我们一起抬头

望向月亮，望向星星

在星空中寻找

我的那颗星与你的那颗星

有多远距离

直到天神收起了月光

只想爱你到永远

我的富有
从你开始
我的幸福
也是从你开始

我的快乐
从你开始
我的美好
也是从你开始

在我生命里
那些难忘的时光
那些曾感动过我的往事
也是从你开始

是啊
在我的世界里
不能没有你
这一生
只想爱你到永远

秋色迷眼

走过冬天
我可以忘记雪花
却没有忘记过你

走过春天
我可以忘记百花
却没有忘记过你

走过夏天
我可以忘记荷花
却没有忘记过你

走在秋天
我被秋色迷了眼睛
却不知你现在在哪

美丽的风景是你

人生路上
遇到谁
都是我的风景
学会欣赏
已是我的习惯
更何况遇见的是你

有时候
也想换一条路径
去看不同的风景
见到不同的风情
可能留在心里的风景
仍是那最美丽的
最美丽的瞬间有你

世间
最美的景观
不是名胜古迹

不是柳暗花明

而是，刚好遇见你

那一刻

才发现美丽的风景是你

从此

再美的风光

吸引了眼球

却装不进心里

再好的风景

也只是风景

因你

已代替了所有的美丽

灵魂之恋

你来
给了我这么多的思念
让我懂得思念的滋味
而你
是否也如我一样

你来
带来了这么多的幸福
让我懂得了幸福的含义
而你
是否也如我一样

你来
引来了这么多的相思
让我尝尽了相思的苦涩
而你
是否也如我一样

都说最美的遇见
是灵魂之恋
那相知相遇的缱绻啊
胜过世间
任何一处的风景风光
而你
是否也如我一样

你来了
于千万人之中，你来了
为这，我花光了所有的运气
换来这千年无悔之恋
而你
是否也如我一样

带上知己去旅行

江湖险恶

无人不知

带上知己去旅行

陌生的城市

会变得不再陌生

美丽的风景里

又添几分美丽

世态炎凉

无人不知

带上知己去旅行

在浪花击起的地方

已不再是海浪

而是浪漫里的欢声笑语

愉悦与懂得

是暖心开始的地方

人心叵测

无人不知

带上知己去旅行

爬山的艰苦

已不再是艰辛

相互搀扶手手相连

走过海滩，来到山顶

让点点滴滴变成难忘记忆

知音难觅

无人不知

带上知己去旅行

心心相印，无悔今生

快乐里是无比的温馨

开心里有无比的欢畅

留在心里荡漾，荡漾

有个知己

应是世上最美的美事

我是一片熟透的叶子

叶子熟了
这个季节
我就是我的美丽
来，来发现我的美

不要
只知摘取硕果
而忽略我的内涵
也很丰富唯美

你看
我有多美
美得让你难以忘记

我是一片熟透的叶子
你认真待我
我定会
送你一个永恒的迷你

来，欣赏我吧
我是我的唯一
请别错过这个季节里的我
与你有一场美丽的相遇

诗会泄露我的一往情深

你走进我诗里
成为我诗的主人
个性鲜明又爱得深邃
我小心翼翼地
呵护着你的纯真
你走入我诗里
我像爱护眼睛一样爱你
你认真的样子
让我不敢有半点瑕疵
真怕扰了你的深深情思

你来我诗里
我用满脸的笑容
给你回忆
好让你记住我的美丽
留在你的记忆里永存
你来不来我诗里
我都有一颗爱你的心

在岁月的流年里温馨
我相信，天定的缘分
都有心照不宣的相逢

你来我诗里
我喜
你不来我诗里
我等
你来不来我诗里
诗都会泄露我的一往情深

你是一本我想读懂的书

你是一本
我想读懂的书
是你的引力
吸引了我
让我追寻你的温度
为了能在你的灵魂里
安逸我的灵魂
读你
是为了认识另一个我

你是一本
我想读懂的书
你的存在
是为了唤醒我的灵魂
真想在你的灵魂里
安静一会儿
读你
是为了找到另一个我

你是一本
我想读懂的书
你的伪装
只是掩盖一座山的金碧
请给我机会，给我机会
让我走近
读你
是为了了解另一个我

你是一本
我想读懂的书
你的厚重
给了我好奇
懂你是我的幸运
不厌是我的执着
有你是我的幸福
读你
是为了遇见另一个我

你是一本
我想读懂的书
你的智慧
如同阳光照耀，迷途散雾
恩泽心肺，美丽于我
读你
是为了觉醒另一个我

花香吟

你给的幸福

所有的幸福
都是你给的幸福
在那些没有准备的日子里
你来了
将苦难一扫而空
扔给了消逝
你用幸福渲染了幸福

伤痛
已被你驱赶得无影无踪
温暖由你植入心中
你是我的爱神
在炫美的世界里
全是你给的幸福

我用敬畏
爱护我们的幸福
请耐心等待

请耐心等候

让我慢慢感悟

让我悄悄懂得

珍惜缘分

多去感恩

请你耐心等我去懂

将你放在心里默默想念

当我
还不知什么是幸福
是你告诉了我
幸福的理由

当我
还不懂什么叫相思
是你给了我
楚楚悸动的思念

当我
还不能分辨出真假
是你铸就了
我的火眼金睛穿透了真伪

当我
迷失在最深的黑夜
是你让我真切地感知

你就是我夜空的星月

当我
从所有未知中走出
再回首
你如在另一个星际
已让我寻你不见

这让我如何感恩
我又将感激放哪儿
世间那些善良
而又勇敢的人啊
你是否知道，有人
已将你放在心里默默想念

冷漠在你我之间蔓延

不知什么时候
人们变得更加冷漠
认识的与认识的冷漠
熟悉的与熟悉的冷漠
甚至，亲情也开始冷淡
就更不要说
陌生与陌生之间的冷漠了
而这种从南到北的冷漠
已经蔓延到需要拯救热情

似乎，人们
都在紧张的环境中生活着
节奏感是越来越快
有的为权奔波
有的为利奔波
有的为钱奔波
有的为情感奔波
有的被生活所迫

不得不奔波
有的为未来而奔波
这应算是种种原因
但，为什么冷漠会蔓延

人与人之间
这种冷漠已到处弥漫
几乎成为流行趋势
这与生存环境有关联吗
还是这无形的危机感
在迫使人们转移重点关注
如生存的危机感
竞争的危机感
资源的危机感
阶层的危机感
都会引发冷漠与冷淡

我似乎觉得
现在的人们活得更不容易
先觉的人们
已开始掠夺更多的利益
而被挤压的后知者们
也感觉到了生存的困难
此时
只有少部分人活得淡定
那也是

有了一些底气的资源作支撑
但仍看出他们更加冷静
这是值得关注的问题
因冷漠与漠视仍在蔓延

我大概
是处于两者之间
一会儿忙碌
一会儿悠闲
但，还是感觉出
我的冷漠
也在滋生蔓延
我问我
为什么变得如此冷漠
另一个我
回答了我的提问
今天是立冬
冷漠是冬天里的元素

秋已不辞而别

冬天，不是我
不想给你开门
而是，我怕冷
怕你那刺骨的寒风
告诉我你的心是冰
只有冷血一样的冬季
无法带来暖意

冬天
不是我
不想给你开门
昨夜，我已将最后
一道秋光关在房间
留它与我私聊
一些离别时的话语
不肯
让那一抹秋香散尽

冬天

你再一次

用力敲打我的门窗

告诉我

你已来到我的门前

天已亮了很久很久

你站在外面

已经失去耐心

我起床推开窗户

打开门

恭请你入室

此刻

此刻　秋已不辞而别

一片含泪的花瓣

菩提

菩提树上

菩提花儿开

我是那树上

落下来

一片含泪的花瓣

带着

一缕夕阳的霞光

飘落在大地上

让大地嗅出

我离别时的伤感

你用

你那宽广的胸

揽我入怀

让我安逸在

你温暖的怀中入眠

让我瞬间忘却
别离时的泪花
还挂在眼角未干
忘记
忘记不再去想明天
你胸怀里的温度
足够暖我在安乐中死亡

忘记
忘记不再去想明天
你胸怀里的温度
足够
暖我在安乐中死亡

天若有情天会佑

有时候

不是我不够坚持

冥冥之中总感觉

天若有情天会佑

香飘万里终成烟

糟糕，偶尔成全一场美丽

完美，只为繁华落尽是回忆

有时候

不是我能左右

忍不住一定不是我的错

命中注定要邂逅

一边在乎，一边又不屑

天若有情天会佑

香飘万里化为尘

努力有时成不了主角

回到角落

又是一次新的开始

有时候

不是谁都有结束

在安静中闭上眼睛

又浮现忧伤与甜蜜的脸

一边笑看花开

一边泪伤花谢

一切不同都被时光美丽过

只有你懂的心语

在一点一滴入梦呼吸

天若有情天会佑

香飘万里化为云

想将你装在心里一直想念

一眼千年
瞬间又消失在人海
让整个的我不像从前
当爱的波澜涌入心田
我深深地感知
爱已在心中变成清泉
当爱的思念成为海洋
沸腾的海浪
已渲染成爱的烂漫
这是一种怎样的感觉
让爱的幻想
一次次坠入爱的深渊
掀翻一切苦难

世间
最美的风景
一直在心里蔓延
那漂洋过海的距离

已割不断思念的光纤
远渡重洋的距离
也算不上距离
还不是
想将你装在心里一直想念
带着你给的思念继续想念

可世间
最珍贵的爱
都无比奇缺
我只能将爱放在心间
造一座自己的爱的宫殿
让爱源源不断流入人间
制造出更多的爱的浪漫
让人们学会怎样去爱这个世界

如果
你已遇见真爱
爱便不会就此枯竭
爱如泓泉
只为装满你寂寞的世界
不再为寂寞感伤
但，有时爱需沉淀
虽不是末日来临
也没有开始时的欣喜若狂

一切的宁静
此时，才开始显现
那些曾经忽略的静谧
一直都在
难道之前都被我轻易忽略
还是用夜的寂静
收拾了白天的杂念
很快，白天留下的喧嚣
开始退场
而夜的寂静
又在夜的来临全面展开

而这悄悄迎来的黎明
又将黑夜的面纱撕开
寂静又被白天的喧闹打翻
落下这一地的嘈杂渲染白天
那又怎样，无论这白天黑夜
怎么交替轮换
还是将你装在心里一直想念

只能喜欢在心，看你远去

心简单的时候

我会忘记所有

只有你

只有你触手可及

又远如千里

想你在眼前

风却把你吹向天空

我想小心翼翼地摘下你

可风已做好了准备

在我摘你的瞬间

它就将你吹向远方的未知

我注定只能喜欢在心

看你远去

留下无能为力

送你远行

闲游中山陵
——闲游随笔

进入水鱼馆
看着这条
已老出年轮的鱼
我不得不感慨
我们终将老去

那只老乌龟
像似老得爬不动了
缩在水底
任你怎么挑逗
也视而不见稳如雕塑

那条巨骨蛇鱼的额头
已老得油光发亮
身上的深黑与红古铜色
也老出光度
连游水的速度
也老出历史最低

走出水族馆

来到山路上

可能是冬天的缘故

公园里的树木

粗大而显老气

有的已老到

只剩下少量可数的细枝

还有细小的树底树

算是年轻无望

因公园里的大树最占优势

被呵护的

会让老树自然老死

而不担心成材后

被砍伐的危险

你看，梧桐树

老到全身无皮

光秃秃的　露着白肌

直冲天空几十米

栓皮栎皮很深厚

厚到浑身都长满了爬树草叶

听说，它的高度更吓人

鱼鳞树（长得像鱼鳞，我称之）

浑身长满了鱼鳞皮

高度也在三四十米

旁边的水杉也不示弱
都有攀升的欲望
个个也都在二三十米以上的高度
让我感觉中山陵的树木都在高升
这大概就是中山陵里不为人知的秘密

游玩一天中山陵
我没有对人文历史
产生深刻的研究兴趣
只是更爱这里的自然景观
令我感慨最深的是
我们终将老去
我们都是过客

用爱击破距离

我遇见你
就不再有忘记
竟然
这就是量子缘分

我遇见你
就有难舍的情愫
竟然
这就是量子知音

我遇见你
便产生了心灵感应
竟然
这就是量子爱情

我遇见你
就有种执着
竟然

这就是量子纠缠

我遇见你
就验证了波粒玄机
竟然
这就是灵魂相遇时的亲密

而这些
可遇不可求的神秘轨迹
竟然
诠释了磁场的吸引力
可以
用爱击破距离
在时光流逝中绽放成花

捧着你的心懂你

我想写一首
唯美的情诗给你
在那些
没有我的日子里
撵一撵孤寂
赶走你的寂寞
给你一个
会心一笑的笑脸

我想写一首
美丽的情诗给你
在那些只有思念的日子里
暖一暖寒夜
将那些
即将到来的冰冷驱逐出去
让温柔暖进你的心底

我想写一首

美妙的情诗给你
在那些冷风萧瑟的雨季
挡一挡
风雨交加带来的焦虑
为心撑起一把心伞
躲过那些失意时的寒意
让青春始终为你焕然扬帆

我想写一首
美哒哒的情诗给你
在那些沉静的深夜
滴答滴答
伴你安然入睡到晨曦
在有我没我的日子里
听一听诗的曼妙
唯美于心底
让诗做你的情人
捧着你的心懂你

想将你写进诗里一起怀念

你完美的
如同这首诗
信手拈来又浑然天成
在这个年代澎湃出浪漫
世间最美丽的爱情
与最美丽的风景
都不需要刻意安排
如同
一切美好都曾永恒地存在
诗歌也只是为了赞美
一切美好而来

我的天性
应属于上天的安排
每一个清晨与夜晚
用诗的浪花
飘进人间至味清欢
我虔诚到

不敢有丝毫懈怠

犹如

每个季节里的诗意弥漫

让我的心脉

与诗心一起跳跃

那有旋律的落叶

已飞入眼帘

让人描绘出它优雅的姿态

我随手捡起一片红叶

用心抒发这个季节里的情怀

想将你写进诗里一起怀念

未揭开的谜底

有时候，你的优秀
是一种伤害
伤害了朋友的感情
伤害了兄妹的感情
伤害了父母的感情
也伤害了
一切相形见绌者

你的优秀
偶尔，会成为他们的骄傲
可以拿来炫耀
在某些场合
还能增添点面子什么的

有时候，你的优秀
也是一种鞭策
那要看被鞭策者
所下的决心

到了后来
优秀者，只能与优秀者为伍
优秀者与优秀者会相聚同行
这样才能发现更优秀者
优秀者身上有更多优秀
可以通过优秀者
看到自己的不足和上升的空间

今天
我更想探讨这样一个话题
你觉得
让优秀的人放下身段
装出不优秀的样子
能满足普通人的那点自尊吗
如果，真是那样
又会令普通者无地自容了
可能还不可饶恕
又会有人说
被优秀的人儿给戏弄了

后来，我发现
优秀是一种恩赐产物
优秀的人在哪里都会优秀
普通的人到哪里都是普通
这仍是一个未揭开的谜底

致我想念过的人

我们还有机会相遇吗
我问从眼前经过的那片云
我们还有机缘相见吗
我问路旁这朵刚开的花

很多时候
我不担心月亮离开我
我不怕阴天多
可我最怕
世间那些短暂的告别
到了后来都成了永远
我祈愿世间所有的有缘人
都能在不经意间相遇

那些来日方长的日子啊
总有些相逢已被丢失
那些说好的相聚
已变为梦里的痴话

我欣赏
每一个可以重逢的日子
都指日可期

而最能惊艳时光的
应是我与你的相逢
可让深情更加深情
可让温馨更添温馨
可让笙箫如梦如曲

我祈福那样的相遇
让我的情意都一一兑现
如深深凝视过的这片云
如深深爱过的这朵花儿
如我想念过的那个人

人的差异，是觉醒的差距

我在
一点一点醒悟
越醒悟越想哭泣
感觉自己好蠢好笨

生活中
感觉有太多对不起
对不起自己
对不起孩子
对不起我最爱的奶奶
对不起
真正关心过我的亲朋好友

在这个宁静的深夜
我才能发现到自己
思考才这般深刻有力

是的

一个能不停醒来的人
有多难，有多难
这种苏醒
就是不停地发现自己的愚蠢

人为什么醒悟得那么慢
为什么每个人活着
都要用一辈子的时间去醒悟

为什么醒悟了
那么久
仍如才刚刚开始
难道人的差异
是觉醒的差距
我似乎认可
这样一个刚刚的觉知

首先要承认
人并不是什么高级动物
我甚至确定这是一个事实
只要人不与其他动物比
而是与天神相比较

看上去
人们似乎学了很多东西
但也只满足了基本需求

247

甚至有很多人的思想和思维
还达不到成为一个人的标准

看上去
每个人都努力了
那么久
但愚蠢与恶劣
仍是每个人摆脱不了的事

太可怕了
太聪明的人
也只是在那设计如何人治人
如何人害人
并用初级智慧与初级智商
就能将一大部分人彻底奴役
然后
彰显愚蠢与笨拙的人淋漓尽致

这难道就是真实的人类
不、不、不
但又写满了事实
思考中——
社会需要善良与文明

用完今夜思念的月光

今晚，谁的愁殇
让月儿
坠落我瑶池荡漾
凉透成冷色的月光

今晚，谁的相思
偷拽一缕月光
塞入怀中收藏
把月亮吓入云层避光

今晚，谁的失意
将月亮
拉入情场感叹
由月儿代替了忧伤

今晚，谁的寂寞
留在
孤影楼台中独望

用完今夜思念的月光

今晚，谁的柔情
羞红了月亮
让月儿
从此岸到彼岸焕光

今晚，我为月儿松绑
拭去凡尘的泪光
还月亮一个轻松的明亮
让它在逍遥中炫亮

因为你，我爱上了相逢

因为你

我爱上了相逢

有些美丽

一旦发生便是永恒

烙在记忆里

美了这平凡岁月

因为你

我触及了缘的缘分

发现了缘的秘密

目睹了缘的真实

有了缘的故事

如果命中真有注定

我愿多多邂逅你

因为你

我收获了喜悦

尝到了相思的甜蜜

感受到快乐的真谛
体验了生活的滋味
由爱浸泡过的诗意
在诗里相遇

因为你
我知道了相伴的意义
知道每一朵花
都有固定的花期
来唤醒郁香的日子
让每一天都不同寻常
感恩人生路上遇见你

因为你
我爱上了相逢
世间的花草树木
都有情有义
是啊
所有的美丽只因有你